Otto Staudinger

Neue Lepidopteren des europäischen Faunengebiets aus meiner Sammlung

Antigonos

Otto Staudinger

Neue Lepidopteren des europäischen Faunengebiets aus meiner Sammlung

Unveränderter Nachdruck der Originalausgabe von 1877.

1. Auflage 2024 | ISBN: 978-3-38632-372-7

Antigonos Verlag ist ein Imprint der Outlook Verlagsgesellschaft mbH.

Verlag: Outlook Verlag GmbH, Zeilweg 44, 60439 Frankfurt, Deutschland
Vertretungsberechtigt: E. Roepke, Zeilweg 44, 60439 Frankfurt, Deutschland
Druck: Libri Plureos GmbH, Friedensallee 273, 22763 Hamburg, Deutschland

Neue Lepidopteren des europäischen Faunengebiets aus meiner Sammlung.

Von

Dr. **O. Staudinger.**

Sesia Polaris Stgr. Leib blauschwarz, ohne Ring. Vorderflügel mit braunschwarzem Vorderrande, Mittel- und Aussenbinde und röthlich angeflogenem Innenrand. Das Längs-Glasfeld
(Zelle 1) überragt etwas das Keilfeld (Mittelzelle). Das äussere
Glasfeld ist höher als breit, schmal, aus 5 Felderchen (Zellen)
bestehend, von denen das oberste weit über die andern nach
aussen hervorragt. Beine nach innen gelb, nach aussen blauschwarz; Füsse fast ganz gelb. Flügelspannung 23 mm. ♂.

Von dieser ausgezeichneten neuen Sesie fing Herr Höge
ein einziges ganz frisches ♂ am 13. Juli bei Kuusamo im finnländi-
schen Lappland. Es schwärmte auf Blumen; Höge fing es in
der Meinung, dass es eine Fliege sei. In der Nähe standen, wie
freilich überall dort, viele Birken, worin die Raupe vielleicht
leben dürfte. Die Art zeichnet sich vor allen andern sofort
durch den ganz schwarzen Hinterleib aus, und es ist auch
keine Spur von einem rothen oder gelben Hinterleibsgürtel
vorhanden. Nur auf der Unterseite hat das letzte Segment
lange gelbrothe Haare, und solche sind auch in dem ausge-
breiteten seitlichen Afterbüschel hier zahlreich vorhanden. Die
Fühler sind schwach gezähnt und kurz bewimpert, etwa so
wie die von Culiciformis; sie sind blauschwarz, nach aussen
und vorne sehr wenig gelb angeflogen. Kopf sonst ganz blauschwarz, nur die Palpen sind nach innen und nach unten gelbroth, aber nicht so stark wie bei Culiciformis. Die Brust zeigt
seitlich einige rothe Schuppen, keinen grossen rothen Fleck
wie bei Culiciformis. Die Hüften, Schenkel und Schienbeine
sind blauschwarz, letztere nach innen gelb. Die Tarsen sind
gelb, nur nach aussen (oben) blau angeflogen. Die Flügel
sind mit Ausnahme der Glastheile blauschwarz; auf den vorderen ist der Innenrand seiner ganzen Länge nach roth angeflogen, der Vorderrand gar nicht, was bei Culiciformis stets mehr
oder minder an der Basis der Fall ist. Bei Ses. Polaris befinden sich hier nur einige zerstreute rothe Schuppen nach der
Mittelzelle zu, so wie oberhalb des äusseren Glasfeldes ein

röthlicher Strich. Auch auf dem breiten dunklen Aussentheil
bemerkt man verloschene, feine, röthliche Schuppen. Unten
ist der ganze Vorderrand breit gelbroth, nicht goldgelb wie
bei Culiciform., und im dunklen Aussentheil stehen sechs gelbrothe Keilstriche, während dieser bei Culiciform. goldgelb mit
feinen schwarzen Rippen ist. Von den drei Glasfeldern sind
besonders das äussere und das Keilfeld mit iridescirenden,
feinen, bläulichen Schuppen leicht bedeckt. Das innere (Längs-)
Feld ragt etwas über das obere (Keilfeld) nach aussen hervor,
wenn auch nicht so weit wie bei Culiciformis, so doch jedenfalls
genügend, um sicher zu sein, dass die Raupe dieser neuen Art
im Stamm oder in den Zweigen eines Baums (Strauchs) leben
muss. Das äussere Glasfeld ist völlig von dem der Culiciform.
verschieden und kommt eher dem von Conopiformis nahe. Es
ist aber noch schmäler (und länger), und das oberste seiner
fünf Glasfelderchen ragt weit mehr über die andern vier nach
aussen hervor. Auf den Hinterflügeln ist besonders Rippe 1 b
stark röthlich angeflogen; die Querrippe ist nach oben weit
dicker als bei Culiciform., der Aussenrand aber so breit blauschwarz, als bei dieser Art. Auf der Unterseite ist der Vorderrand ganz gelbroth und die Rippen mehr oder minder so angeflogen.

Ses. Polaris wird wohl am besten bei Culiciformis gestellt;
kann aber sicher nie als eine Varietät oder Aberration davon
betrachtet werden, was ausser andern angegebenen Unter-
schieden besonders das ganz verschiedene äussere Glasfeld und
der Mangel der rothen Basis der Vorderflügel verbieten.

Syntomis Caspia Stgr. Grün- oder blauschwarz; Vorderflügel mit sechs weissen, wie bei Phegea etc. gestellten Flecken;
Hinterflügel mit einem weissen Fleck. Hinterleib auf Segment
1 oben mit einem dreieckigen gelben Fleck, Segment 5 auch
nach unten vollständig gelb geringelt. ♂ ♀ 19—28 mm.

Diese ausgezeichnete kleine Art wurde von Herrn Henke
in der Nähe von Astrachan, also im europäischen Russland,
in grösserer Anzahl gefangen. Schon früher sandte mir Christoph ein von ihm am 18. August bei Derbent gefangenes
Stück ein. Auch von Herrn Weyers in Brüssel erhielt ich
vor Jahren zwei ganz verdorbene Stücke, die ein Coleopteren-
Sammler im Centralsystem des Caucasus gefunden haben soll
und mit Käfern in Spiritus geworfen hatte. Dadurch dass beide
Geschlechter dieser Art völlig schwarze Fühler haben, und
einander so ähnlich sind, dass man Mühe hat, sie von einander zu unterscheiden, wird Syntomis Caspia sofort von allen
früher bekannten Arten getrennt. Beides hat sie indessen

mit der von Erschoff 1874 in den leider russisch beschriebenen Lepidopteren von Turkestan etc. publicirten Synt. Maracandina gemein, die Taf. II Fig. 25 abgebildet und pag. 30 kurz lateinisch diagnosirt und russisch beschrieben ist. Ich besitze ein Stück aus Lederer's Sammlung ohne Namen aus dem Libanon und ein anderes Stück aus Turkestan, welche ich beide für diese Maracandina Ersch. halten möchte, besonders da sie gelbe Flecke der Flügel statt weisser haben, welches Erschoff bei seiner Art hervorhebt. Ausserdem ist der Fleck auf den Hinterflügeln bei meiner Caspia kleiner, meist rund, während er in Erschoff's Figur und bei meinen beiden Maracandina weit grösser, unregelmässig lang gezogen ist. Ob die Farbe und verschiedene Form dieses Flecks wirklich zum Artunterschied genügt, ist sehr fraglich; immerhin hat aber meine Syntomis Caspia das Recht. als eigene Form aufgeführt zu werden. Die sechs weissen Flecken der Vorderflügel meiner Caspia sind natürlich ebenso gestellt, wie bei unserer gemeinen Phegea und allen andern mir bekannten Syntomis-Arten. Der Basalfleck ist stets klein, rund, und zuweilen fehlt er ganz. Die beiden unter einander stehenden Mittelflecken sind die grössten, der obere ein ziemlich regelmässiges Viereck, der untere, grössere, ein unregelmässiges öfters ganz langgezogenes bildend. Von den drei äusseren sind die beiden unteren nur durch eine Rippe, der obere aber von diesen durch eine ganze dunkle Zelle getrennt; alle drei an Grösse meist gleich, von ovaler Form. Nur zuweilen wird der obere etwas kleiner, rund, fehlt aber nie; ebensowenig tritt je ein vierter auf bei etwa zweihundert mir vorliegenden Stücken. Die Brust führt seitwärts je zwei gelbe Flecken. Der Hinterleib ist bereits durch die Diagnose genügend beschrieben. Das ♀, bei dem derselbe etwas dicker, nach hinten mehr abgerundet ist, zeigt unten meist die bräunliche Spitze des Oviducts ganz wenig hervorragend. Die Fühler des ♀ sind kaum merkbar dünner als die des ♂.

Hepialus Laetus Stgr. (Sylvini L. var?) Vorderflügel lichtbraun mit drei weisslichen Costalflecken; Basalhälfte der Subcostal-Rippe und gegabelte Basal- und Aussenquerlinie weiss. ♂ 28—33 mm.

Ich besitze zwei ♂♂ dieser Form, die der Herr Capitän von Hedemann bei Manglis im Süd-Caucasus fand, das eine Stück am 23. August. Ob diese auffallende Form wirklich eigene Art oder nur Varietät des sehr variirenden Hep. Sylvinus L. ist, wage ich nicht bestimmt zu entscheiden; jedenfalls steht sie diesem am nächsten. Die Grundfarbe der Vorderflügel ist ein lichtes Nussbraun, wie es bei deutschen Sylvinus nur sehr selten annähernd vorkommt. Die Subcostal-Rippe ist bis zu ihrer halben Länge breit weiss, und daran hängen am Ende zwei weisse Flecken, welche unmittelbar bis zum Vorderrand reichen; nach unten setzen sie sich in ein weissumzogenes graues Dreieck fort, an dessen Spitze noch ein kleiner, weisser, runder Punkt hängt. Dies weissumzogene Dreieck ist auch bei den meisten Sylvinus ♂♂ angedeutet, während sich am Vorderrand hier nie die beiden weissen Flecken finden, sondern nur zuweilen schwache Spuren von lichteren oder dunkleren Flecken. Bald hinter der Basis der weissen Subcostalis entspringt ferner eine nach der Mitte des Innenrandes verlaufende, schräge, weisse Querlinie, welche gleich oben zwei weisse Gabelfortsätze nach innen schickt und bei dem kleineren Stück zwischen diesen unterbrochen ist. Die entsprechende weisse Basalquerlinie bei Sylvinus zeigt keine solchen Fortsätze, ist meist viel breiter, besonders nach vorn, und verläuft gerader; nur bei einem meiner Stücke gabelt sie sich dicht vor dem Innenrande, wozu auch bei dem grösseren Exemplare von Laetus der Ansatz vorhanden ist. Die äussere weisse Querlinie ist bei Laetus weit schärfer als je bei Sylvinus, namentlich am Vorderrande auch scharf weiss gegabelt, und die nach innen abgehende Gabelung bildet den dritten weissen Costalflecken. Der Aussentheil, wo bei Sylvinus stets mehr oder minder eine dunklere Zeichnung zu sehen ist, bleibt bei Laetus eintönig. Auf der Unterseite scheint die weisse Zeichnung nur am Vorderrande matt durch; sonst ist dieselbe wie die Hinterflügel eintönig schmutzig graubraun. Nur eine grössere Anzahl von Exemplaren kann über die Artrechte des Hep. Laetus entscheiden.

Psyche Turatii Stgr. ♂. Flügel glänzend, durchsichtig schwarz. Fühler lang und dick (lang gekämmt), gelbbraun glänzend. Leib ziemlich lang, schwarzgrau behaart. Grösse des ♂ 16—19 mm. ♀ madenförmig, fusslos, röthlichweiss mit gelblicher Hornplatte auf dem ersten Segment. Sack konisch, aus kurzen, quergelegten Stengelchen gebaut wie der der Viciella oder Viadrina.

Diese interessante neue Art wurde von dem Herrn Grafen Ernest Turati und seinem Sohn Franz, sowie dessen Neffen Emil Turati, die zu den eifrigsten und besten Lepidopteren-Sammlern Italiens zählen, an demselben Tage unabhängig von einander entdeckt. Sie fanden die Raupen an verschiedenen Seepflanzen bei dem See Alserio in der schönen Brianza (Lombardei). Die Falter fielen im Juni aus. Die Art steht der im Catalog 1871 pag. 62 von mir kurz diagnosirten Psyche Viadrina, die Wocke in der Stett. ent. Ztg. 1871 pag. 426

genauer beschreibt, sehr nahe. Sie ist etwas grösser und kräftiger gebaut, die Flügel sind weit glänzender, dünner beschuppt, die vordern vielleicht etwas schmäler und spitzer. Besonders sind aber die Fühler bedeutend kräftiger, etwas länger und durch längere Kämme weit dicker erscheinend; die Kämme sind von glänzender, rauchbrauner Färbung. Der Leib ist weit stärker behaart als bei Viadrina, etwa so wie bei Constancella, der die Turatii vielleicht noch näher steht. Die Spitzen des sonst schwarz behaarten Leibes sind namentlich nach hinten rauchgrau. Abgesehen von dem verschiedenen (besponnenen) Sack unterscheidet sich Constancella durch einen matteren Glanz der Flügel von Turatii. Auch die Fühler sind nicht so lang und spitz wie bei Turatii. Die Säcke sind ganz ähnlich gebaut wie die von Ps. Viciella, Viadrina und auch Constancella, nur dass letztere stets mehr oder weniger fein besponnen sind. Sie gehen aber nach hinten etwas konischer zu als bei Viciella und Viadrina, und die Querstückchen, aus denen sie gebaut sind, ragen nicht so weit hervor, wie meist bei diesen Arten. Von den ♀♀ wie von den Raupen sandte mir Herr Emil Turati einige sehr schön präparirte Stücke. Erstere sind wie alle ächten Psyche-Weibchen ganz nackt, madenförmig, fusslos. Ihre Farbe ist im getrockneten Zustande röthlich, das Nackenschild sehr licht braungelb. Die Raupe ist auf den hinteren Segmenten ganz dunkel, schwärzlich, nur in den Einschnitten lichter. Die vorderen drei Segmente sind mehr oder minder stark gelbweiss gefleckt, wie bei anderen Psyche-Raupen. Auf den Segmenten 4, 5 und 6 sind nur die Warzen gelb, ebenso sieht man auf Segment 11 ein lichteres horniges Afterschild. Psyche Turatii muss im System zwischen Viadrina und Constancella eingereiht werden.

Agrotis Sollers Stgr. Vorderflügel lichtgrau mit zwei gezackten schwarzen Querlinien bei $\frac{1}{3}$ und $\frac{2}{3}$ der Flügellänge, und einer dunklen Mittel- und Aussenschattenbinde; Hinterflügel oben schmutzig weissgrau, unten zeichnungslos, weiss. ♂ ♀ 44—46 mm.

Unter obigem Namen sandte mir Christoph ein Pärchen ein, von dem er das ♀ am 25., das ♂ am 29. Mai bei Schahrud (Nord Persien) fand. Diese neue Art steht wohl am besten bei Fugax, deren Grösse und Gestalt sie hat; auch die Zeichnungsanlage ist fast dieselbe; nur ist Sollers viel lichter und matter gefärbt. Die Fühler des ♂ sind vielleicht noch etwas kürzer bewimpert als bei Fugax; sonst ist der Bau der Palpen, die Bedornung der Beine, der Bau des Hinterleibes etc. ganz ähnlich. Die ganze Färbung von Sollers ist aber viel lichter,

ein schwach mit gelb gemischtes Aschgrau. Auf den Vorderflügeln steht etwa bei $1/_3$ eine sehr scharfgezackte dunkle
Querlinie, die nach innen schwach doppelt erscheint. Eine
andere scharf, aber kleiner gezackte Querlinie steht etwas
hinter $2/_3$ der Flügellänge. Durch die Mitte des Flügels zwischen der sehr schwach hervortretenden runden und Nierenmakel geht eine schmale Schattenquerbinde, welche beim Schluss
der Mittelzelle einen starken (fast rechten) Winkel nach aussen
macht. Kurz vor dem Aussenrande steht eine breitere, etwas
gezackte Schattenbinde. Ganz am Aussenrande stehen läng-
liche schwarze Halbmonde (Striche) unmittelbar vor einer
schmalen hellen Limballinie. Die Fransen haben eine lichtere
Theilungslinie in der Mitte und lichtere Spitzen. Auf der weisslichen Unterseite ist nur der Innenrand und die Mittelzelle
theilweise dunkler (grau). Ein dunklerer Mittelmond am Schluss
der Mittelzelle tritt nur schwach hervor, dahinter scharf eine
dunklere Querlinie, die aber den Innenrand nicht erreicht. Der
Aussentheil ist rein weiss ohne dunklere Limballinie oder
Flecken. Die Hinterflügel sind schmutzig weissgrau. Die Rippen
und der Aussentheil etwas dunkler. Die Fransen sind weiss.
Die Unterseite ist fast rein weiss; nur hinter der Mitte sitzt
am Vorderrand eine dunklere Querlinie, und auch die Limballinie ist besonders nach vorn etwas dunkler. Zu verwechseln
ist Agr. Sollers mit keiner mir bekannten Art.

Agrotis Caucasica Stgr. Vorderflügel dunkel grüngrau
mit verloschener dunkler Basal- und Aussenquerlinie und gelber
Limbal- und Fransentheilungslinie; Hinterflügel grauschwarz
mit gelbweissen Fransen. ♂ 33 mm.

Ich erhielt durch Herrn Haberhauer ein sehr schön erhaltenes ♂ dieser neuen Art, welches er im südwestlichen
Caucasus fing. Ein ganz gleiches, nur etwas grösseres Stück
sandte mir Hr. Radde ein, das bei Borjom (auch im südwestlichen Caucasus), wenn ich nicht irre, gefunden wurde.
Agr. Caucasica steht wohl am besten bei Lucernea obwohl sie
weder mit dieser noch einer andern Art zu verwechseln ist.
Die Fühler sind sehr kurz bewimpert, kürzer als bei Lucernea;
an den Palpen ist das zweite Glied dünner behaart, das Endglied länger als bei Lucernea. Die Bedornung der Beine ist
eine sehr kurze. Der ziemlich schlanke Leib ist mit Ausnahme des Afterbüschels ganz kurz behaart; der Thorax hingegen ziemlich stark, fast stärker als bei Lucernea. Die dunklen Vorderflügel erscheinen fast zeichnungslos. Ihre Farbe
ist ein dunkles Grau mit einem Stich in's Grüne, und hin und
wieder sind sie mit gelb gemischt, so besonders in der Mittel-

zelle. Eine schwaeh gezackte dunkle Basal- und eine solche dunklere Aussenquerlinie hinter der Mittelzelle heben sich sehr wenig hervor. Hinter der letzteren bemerkt man noch eine dunklere Schattenbinde, die zwei grosse Zacken nach aussen bildet und hier lichter umsäumt ist. Von den Makeln erkennt man nur die schwache Spur der Nierenmakel, die den gelblichen Fleck bildet; die Zapfenmakel ist durch einen schwarzen Strich angedeutet. Die Limballinie ist scharfgelb, und die Fransen führen zwei gelbe Linien in der Mitte und am Ende. Die Unterseite ist glänzend lichtgrau mit dunklerem Aussenrand und weisslichem Fleck am Ende der Mittelzelle. Die Rippen im dunklen Aussentheil sind weiss angeflogen. In den lichten Fransen stehen dunkle Punkte, die fast zu einer Linie zusammengeflossen sind. Die Hinterflügel sind dunkelgrau, nach der Basis zu etwas lichter, die Fransen gelblich, an der Spitze weiss, mit dunkler Basallinie. Unten sind sie schmutzig weissgrau mit ziemlich scharf abgeschnittenem dunklem Aussentheil.

Agrotis Heringi Stgr. Vorderflügel gelb mit einem Stich ins Graue oder Rothe. Basal- und Aussenquerlinie so wie die Nierenmakel meist dunkler angedeutet, zuweilen ganz fehlend; Aussenrand etwas dunkler, grau. Hinterflügel schmutzig weiss mit dunklem Aussenrand; unten meist ganz eintönig schmutzig weiss. ♂ 31—37 mm.

Von dieser unserem hochverehrten Senior, Herrn Professor Dr. Hering in Stettin gewidmeten Agrotis sandte mir Christoph eine kleine Zahl Ende Juli in den Gebirgen bei Schahkuh (Nord-Persien) gefundener, sehr gut erhaltener ♂♂. Auf den ersten Blick ist diese Agr. Heringi von allen bekannten Arten recht verschieden; bei genauer Betrachtung kommt sie aber der Agr. Decora so nahe, dass sie vielleicht nur eine immerhin sehr interessante Lokalform derselben sein könnte. Von den grauen Stücken dieser Art, wie sie fast ausschliesslich in den österreichischen und schweizerischen Alpen vorkommen, ist Heringi freilich sehr verschieden; ich besitze aber mehrere Decora aus den Basses Alpes, von denen das eine Stück, vorwiegend gelb, schon recht nahe kommt. Die gezähnten und ziemlich lang bewimperten Fühler des ♂ sind bei Heringi gerade so wie Decora gebildet; ebenso sind auch die Palpen, die Bedornung der Beine und der Hinterleib ganz ähnlich. Die Färbung der Vorderflügel ist ein Graugelb, zuweilen mit einem Stich ins Rothe. Zuweilen sind sie ganz zeichnungslos, und nur der Aussenrand ist etwas dunkler grau. Meist aber lassen sich eine gezackte dunklere Basalquerlinie und eine solche hinter der Flügelmitte deutlich erkennen, welche denen bei Decora entsprechen. Die Makeln fehlen meist ganz; nur bei einzelnen Stücken treten die runde und die Nierenmakel sehr verloschen auf, etwas lichter umrandet und etwas dunkler ausgefüllt. Hinter dem dunklen Aussenrandtheil scheidet eine schmale lichtere Limballinie die mit den Flügeln gleichgefärbten Fransen. Die Unterseite ist eintönig sandgelb; nur bei einigen Stücken tritt ein dunkler Mittelmond und dahinter eine dunklere Querlinie auf. Die Hinterflügel sind gelbweiss mit dunklem Aussenrandtheil; die Fransen schmutzig weiss mit gelblicher Basis. Die Unterseite ist schmutzig weiss mit dunkler Limballinie und zuweilen dem Ansatz einer dunklen Aussenquerlinie am Vorderrand. Der Hauptunterschied von Decora besteht also besonders nur in der verschiedenen Färbung und vorherrschendem Mangel an Zeichnung bei Heringi.

Agrotis Leonina Stgr. Vorderflügel schmutzig sandgelb mit dunkler rudimentärer Basalquerlinie, gezackter Aussenlinie, Schattenbinde vor dem Aussenrand, kleiner runder und grösserer Nierenmakel; Hinterflügel schmutzig grau, nach der Basis zu weisslich. ♂ ♀ 39 mm.

Das ♀ erhielt ich durch die Güte des Herrn Professor Zeller; es wurde am 23. Juli 1869 von Christoph bei Sarepta gefangen. Das zerrissene, aber mit Fransen versehene ♂ fand ich im vorigen Jahr in der von mir gekauften Herrich-Schäffer-schen Sammlung vor mit dem Zettel: Becker Sarepta; leider fehlt demselben der Hinterleib. Agr. Leonina steht vielleicht am besten bei Agr. Simplonia B. und Renigera Hb., obwohl es von diesen Arten, wie von allen andern mir bekannten so verschieden ist, dass eine Verwechselung nicht möglich. Die Fühler des ♂ sind stark gezähnt, stärker als bei Simplonia. Kopf, Thorax und Vorderflügel haben eine schmutzige Sand-farbe, oder die eines Löwen. Das Mittelglied der Palpen ist nicht gar lang behaart; das kleine Endglied länger als bei Simplonia. Die Dornen der Beine sind weder sehr zahlreich, noch lang. Auf den Vorderflügeln bemerkt man gleich hinter der Basis in der Mitte einen dunkleren Punkt; auch die erste Querlinie, bei $^1/_4$ der Flügellänge, ist nur durch einige Flecken angedeutet. Dahingegen tritt die äussere, kurz gezackte Quer-linie deutlich auf, und zwischen dieser und dem Aussenrand steht eine unregelmässig gezackte dunkle Schattenbinde, deren Zacken den Aussenrand erreichen. Letzterer führt schwache dunkle Striche. Die etwas dunkleren Fransen haben an der Basis eine helle Linie. Die runde Makel tritt als kleiner, dunkler, runder Fleck auf; die Nierenmakel ist grösser, aber auch ganz dunkel ausgefüllt. Die Unterseite ist schmutzig gelbgrau; der Vorderrand bis kurz vor dem Ende und der Aussenrand rein lichtgelb. Ausserdem bemerkt man einen schwachen kleinen dunklen Mittelpunkt und eine dunklere Aussenbinde vor dem schmalen hellen Aussenrand. Die Hinterflügel sind schmutzig gelbgrau, nach der Basis zu weisslich; die Fransen schmutzig weiss (gelblich) mit· dunklerer Theilungslinie beim ♀. Die Unterseite ist schmutzig weiss mit dunklerem Aussenrand. Der Leib des ♀ ist glatt, graugelb; nur die ersten Segmente sind weisslich behaart, und werden von langen, weissen Haarschöpfen, die auf dem Metathorax sitzen, theilweise bedeckt. Am After trägt das ♀ einen Kranz kurzer. steifer, gelber Haare.

Agrotis Spinosa Stgr. Vorderflügel gelbgrau; die runde Makel ganz lang, spitz, weiss umzogen; die Nierenmakel klein, weiss umzogen; die Pfeilmakel ein breiter, weisser Strich; die äussere gezackte Querlinie meist in lange, weisse und schwarze Zacken aufgelöst; Hinterflügel licht schwarzgrau mit weissen Fransen. ♂ ♀ 37—39 mm.

Das erste an den Hinterflügeln ganz verkrüppelte ♀ dieser Art erhielt ich vor einer Reihe von Jahren durch Herrn A. Becker aus Sarepta, der es bei Astrachan gefunden hatte. Vor einigen Jahren erhielt ich drei weitere, ganz frische Stücke, 1 ♂ und 2 ♀, die Christoph Mitte Mai bei Krasnowodsk (am Südost-Ende des Kaspischen Meeres in Turkestan) gefunden hatte. Agr. Spinosa ist auch von allen mir bekannten Arten recht verschieden; am besten dürfte sie zwischen Spinifera und Arenicola zu stellen sein. Die Fühler des ♂ sind kurz bewimpert, kaum gezähnt, also ganz anders als die lang gezähnten und bewimperten Fühler der genannten beiden Arten. Das Mittelglied der Palpen ist verhältnissmässig kurz, aber ziemlich lang behaart, in der Mitte schwarz. an den Enden weisslich; das sehr kleine weisse Endglied sieht nur wenig aus den Haaren hervor. Die Beine (Schienen) sind ziemlich dicht, aber kurz bedornt. Die Grundfärbung ist aschgrau mit gelblichem Anflug, bei dem Astrachanischen Exemplar vorwiegend gelblich. Der Thorax ist stark schwärzlich gemischt, theilweise gestreift. Die Zeichnung der Vorderflügel ist schwer zu beschreiben; es herrscht eine stachlige, dornige Zeichnungsanlage vor. Besonders auffallend ist, dass die sogenannte runde Makel bei allen vier Stücken ganz spitz in die Länge gezogen ist und nach aussen und unten einen einspringenden Winkel zeigt; sie ist weiss umzogen, und im Innern dunkel. Die Nierenmakel ist nur klein und undeutlich, theilweise weiss umzogen, bei dem ♂ auch im Innern weiss. Die Pfeilmakel wird durch einen langen, oblongen, weissen Strich gebildet, ist aber nur beim ♂ sehr deutlich, bei den ♀♀ mehr oder minder verloschen. Beim ♂ sitzt sie an einem dunklen Bogenstrich, welcher entschieden das Rudiment einer sonst nicht vorhandenen Basalquerlinie ist. Ein schwarzer Basal-Längsstrich entspringt aus der Basis unterhalb der Mittelzelle, ist aber nur bei zwei ♀♀ deutlich zu erkennen. Eine richtige schwarze, gezackte Aussenquerlinie ist nur bei einem ♀ vorhanden; bei den andern Stücken sind nach aussen lange weisse Dornen oder Pfeilstriche, in welche dunkle Pfeilstriche, die als aufgelöste Aussenschattenbinde zu betrachten sind, hineingreifen. Es ist dies ähnlich wie bei Spinifera, aber nicht so scharf, und die Zacken sind länger. Am Aussenrande stehen verloschene, dunkle Limbalstriche. Die Fransen sind dunkel mit weisslicher Basis und Spitze; bei dem einen ♀ vorherrschend weiss. Die Unterseite ist schmutzig weiss gekörnt, mit mehr oder weniger grossem, grauschwarzem Diskus, der nach aussen einige kurze Strahlen (auf den Rippen) ausschickt. Die Hinterflügel sind licht schwarzgrau mit ganz weissen Fransen. Ihre Unterseite ist weisslich, mehr oder minder grau bestreut, stets mit dunklem Mittelpunkt und nur bei dem einen ♀ nicht mit verloschener dunkler Aussenquerlinie. Bei diesem Stück sind auch nicht die äusseren Enden der Rippen dunkel, was bei den andern beiden (das vierte hat ganz verkrüppelte Hinterflügel) der Fall ist.

Agrotis Mustelina Stgr. Vorderflügel mäusegrau mit (meist doppelter) dunkler Basal- und gezackter (öfters verloschener) Aussenquerlinie und dunklem Aussenschatten; runde und Nierenmakel lichter ausgefüllt, meist durch dunklen Zwischenraum getrennt. Hinterflügel weisslich mit dunklerem Aussenrand. ♂ ♀ 34—37 mm.

Von dieser neuen Art fand Christoph eine kleine Anzahl in der letzten Hälfte des Juli bei Schahkuh, also im hochgelegenen gebirgigen Theil Nord-Persiens. Diese Art sieht unscheinbar aus und steht der Cursoria und meiner Deserta aus Sarepta am Nächsten. Die Fühler des ♂ sind gezähnt und ziemlich lang bewimpert, etwa so wie die der Cursoria; bei Deserta sind sie weit stärker gezähnt. Palpen, Bedornung der Beine, Hinterleib etc. sind auch denen von Cursoria fast gleich. Die Grundfarbe der Vorderflügel ist ein etwas gelbliches Mäusegrau; die Zeichnung derselben tritt weit verloschener auf als bei Deserta oder den meisten Stücken der Cursoria, die bekanntlich ausserordentlich abändert. Von der Basallinie, hart an der Basis, ist kaum eine Spur erkennbar. Die erste Quer-

linie tritt auch doppelt wie bei Cursoria, aber viel verloschener
auf; bei Deserta ist sie nur einfach. Die äussere, schwach gezackte
Querlinie tritt nur ausnahmsweise scharf auf; meist ist sie
verloschen, zuweilen fast ganz fehlend. Ebenso variabel ist die
äussere schmale Schattenbinde, die nach aussen licht umsäumt
ist und bei einigen Stücken bis auf diese lichte Umsäumung
fast verschwindet. Am Aussenrand stehen deutliche, schwarze
Mondstriche, die Limballinie bildend; die dunklen Fransen haben
eine scharfe, lichte Basallinie und eine lichte Theilungslinie.
Die ziemlich grosse runde Makel ist wie die nur wenig grössere
Nierenmakel lichtgrau ausgefüllt, und der Zwischenraum zwischen diesen beiden Makeln ist meist dunkel. Bei einem ♀,
wo die ganze Färbung eine dunklere ist, tritt alle Zeichnung
noch weit weniger hervor. Die Unterseite ist schmutzig lichtgrau, nach aussen weisslicher mit verloschener, dunklerer Aussenbinde hinter der Mittelzelle. Die Hinterflügel sind schmutzig
weiss, nach aussen meist mit dunklerem Rand, der indessen bei
zwei Stücken fast ganz fehlt. Bei diesen tritt die überall vorhandene dunkle Limballinie desto schärfer hervor. Meine
Deserta hat dunkle Hinterflügel mit weisslichem Basaltheil;
Cursoria einen meist viel breiteren und dunkleren Aussenrand.
Auf der schmutzig weissen Unterseite ist ein dunklerer Mittelpunkt und Aussenlinie nicht vorhanden oder doch nur in einzelnen Fällen sehr schwach angedeutet; nur nach aussen ist
meist dunklere Bestäubung und stets eine dunkle Limballinie
vorhanden. Von Cursoria und Deserta ist Mustelina in der
Beschreibung hinreichend getrennt; die mir in natura unbekannte
Fallax Ev. hat ganz weisse Hinterflügel ohne dunkle Limballinie und weit bunter gezeichnete Vorderflügel mit Zapfenmakel etc., von welcher Mustelina keine Spur zeigt.

Luperina? (Heterographa) Mira Stgr. Vorderflügel grau
mit einer weissen Basal- und fast geraden Aussenquerlinie,
hinter welcher eine dunkle, in drei Flecken getheilte Binde
liegt, die nach aussen unregelmässig weiss umzogen ist. Runde
und Nierenmakel weisslich, auf dunklerem Grunde; Vorderrand
schwarz und weiss gefleckt, Hinterflügel grau mit dunklerem Mittelpunkt, weisser Aussenlinie und solchen Fransen. ♂ 32 mm.

Das einzige, sehr schön erhaltene ♂ dieser eigenthümlichen
Art erhielt ich von Christoph, der es am 4. Juni bei Krasnowodsk
(Turkestan) fing. Diese Art passt zu keiner mir bekannten und
auch in keine Gattung so recht hinein, und ich stelle sie vor-
läufig zu Luperina, weil darin doch schon gar verschiedene Thiere
stehen und auch die von Lederer angegebenen Gattungsmerk-
male von Luperina meist ziemlich passen. Augen unbehaart,

Fühler fadenförmig; Palpen glatt beschuppt, den Kopf wenig überragend; Saugrüssel ziemlich lang; Schienen unbedornt; Flügel glattrandig. Leib glatt, dreieckig, die hinteren Segmente seitwärts etwas hervortretend. Kopf und Thorax grau und schwarz gemischt, die Innenränder der Schulterdecken fast schwarz gebändert. Das zweite Glied der Palpen ist nach aussen schwarz, nur die äussersten Ränder bleiben grau. Die Vorderflügel sind auf grauem Grunde grell weissgrau und schwarz gezeichnet. Der Vorderrand ist grell schwarz und licht gefleckt; ich zähle bis zur Spitze zehn schwarze Punktflecken an demselben. Es befinden sich die zwei bekannten oder eigentlich drei Querlinien auf denselben, die hier aber licht sind. Die erste unmittelbar nach der Basis ist nur in der Mitte durch einen nach aussen gehenden kleinen, lichten Bogen angedeutet. Die zweite steht bei etwa $\frac{1}{5}$ der Flügellänge, ist ganz schwach gezackt und erreicht den Innnenrand nicht völlig. Die dritte Aussenquerlinie, hinter der Mittelzelle, ist am Auffallendsten, ganz schwach gezackt oder gewellt; nach innen von einer gezackten, feinen, dunklen Querlinie begrenzt, nach aussen von einer dunklen Schattenbinde, oder vielleicht besser drei grossen dunklen Flecken. Diese Schattenbinde ist nämlich nach aussen weiss umsäumt und macht hier zwei tiefe Einschnitte, die fast die weisse Querlinie erreichen, so dass dadurch drei grosse Flecken, die aber an ihrer Basis verbunden bleiben, gebildet werden. Der unterste ist der kleinste, die beiden oberen sind etwas grösser. Bei keiner mir bekannten europäischen Eule finde ich eine analoge Aussenrandszeichnung. Die runde Makel ist ziemlich gross, licht, mit dunklem Kern, die Nierenmakel, nur wenig grösser, erscheint als K oder als eine oben und unten offene 8. Diese Makeln stehen in dunklerem, schwärzlichem Grunde. Unter der runden Makel steht ein tiefer, schwarz, unregelmässig begrenzter dreieckiger Fleck, der die Zapfenmakel darstellt. Zwischen dem lichten Basalbogen und der zweiten lichten Querlinie ist der Raum auch dunkler schwarz angefüllt. Am Aussenrande steht eine aus langen schwarzen Mondstrichen gebildete Limballinie. Die Fransen sind grau und weiss gescheckt, und zwar stehen die schmäleren weissen Theile hinter den Rippen und treten am Innenrande etwas gewölbt hervor. Auf der weisslichen, stark grau gemischten Unterseite tritt ein ziemlich grosser, dunkler Mittelfleck und dahinter eine dunkle, nach aussen weiss umzogene Querlinie deutlich hervor. Der Vorderrand ist nur hinter dieser letzten Linie schwarz und weiss gefleckt. Die gescheckten Fransen führen an der Basis eine feine, lichte Linie, vor der nur einige

kleine, schwarze Punkte am Aussenrande stehen. Die Hinterflügel sind schmutzig grau mit oben durchscheinendem Mittelfleck und einer scharfen, weissen, nach innen schwarz be-
grenzten Aussenquerlinie. Am Aussenrand steht eine nicht
überall zusammenhängende Reihe dunkler Mondstriche; die
Fransen sind ganz weiss. Die Unterseite ist schmutzig weiss,
namentlich nach vorn und aussen stark mit Grau bestreut.
Am Ende der sehr kurzen Mittelzelle steht ein rundlicher,
sehr scharfer, schwarzer Flecken, etwa bei $1/_3$ der Flügellänge. Weit, doch aber dem Aussenrande näher, steht eine
verloschene, schwarze Querlinie und am Aussenrand eine unregelmässige, durchbrochene, dunkle Limballinie.

Sollte diese Art, was ich bestimmt glaube, eine eigene
Gattung bilden müssen, so schlage ich den Namen Heterographa wegen der ungewöhnlichen Zeichnungsanlage vor.

Orbifrons Stgr. nov. Genus. **Singularis Stgr.** Eine höchst
eigenthümliche neue Gattung, für welche ich weder bei den
europäischen noch exotischen Eulen irgend etwas Aehnliches
auffinde, und deren Stellung mir daher ganz unklar ist. Christoph sandte mir hiervon 1 ♂ und 2 ♀♀, die er in den letzten
Tagen des September aus Puppen erzog, von denen er die
Raupen (wohl im Mai) bei Krasnowodsk (Turkestan) gefunden
hatte. Er sandte mir auch 3 Stück der muthmasslichen Raupe
dieser Art ein; leider wusste er nicht ganz bestimmt, ob die
Art aus diesen oder einer andern mir auch in 3 Stücken ein-
gesendeten Raupenart ausgekrochen sei. Die muthmasslichen
Raupen dieser interessanten Art haben die schmutzige weiss-
graue Färbung mancher Agrotis-Arten, z. B. der Segetum,
Tritici, Exclamationis etc. Auch die Form ist ähnlich; nur
sind die vordern Segmente etwas breiter und ganz wenig von
oben nach unten flach gedrückt, also nicht so cylindrisch wie
die hinteren. Dann sind sowohl die vorderen drei Paar Füsse,
wie die vier Paar unter sich gleich grosse Bauchfüsse und
die Nachschieber weit grösser und mehr entwickelt als die der
ähnlich gefärbten genannten Agrotis-Arten. Als Zeichnung bemerkt man eine sehr verloschene, unterbrochene Dorsallinie,
die in der Mitte durch eine feine, hellere getheilt ist. Dann
seitwärts je eine verloschene Subdorsale und eine solche Stig-
mallinie, in der die ganz schwarzen Stigmata stehen. Allein
alle diese Linien sind äusserst verloschen und kaum erkennbar.
Die Warzen sind nur sehr klein, schwarz, wenig hervortretend.
Der Kopf ist braun, die Hemisphären dunkler gefleckt. Das
Nackenschild ist etwas dunkler als der Kopf, klein, in der
Mitte durch einen hellen Längsstreifen getheilt, ebenso durch

je einen solchen kurz vor dem äusseren Ende durchschnitten.
Die Raupe scheint mir eine niedrig lebende Grasraupe zu sein;
vielleicht fand sie Christoph unter Steinen; doch theilte er mir
darüber nichts mit. Die andere Raupe, welche er mir als mög-
licher Weise zu Orbifrons gehörig einsandte, ist ein sehr bunt ge-
zeichnetes Thier, das ich für eine Cucullien-Raupe halte, und
das sogar der Raupe von Cuc. Balsamitae sehr ähnlich ist.
Christoph schrieb mir nun aber ausdrücklich, aus einer der
beiden gesandten Raupenarten müsste entschieden die neue Eule
gezogen sein.

Ich gehe nun zu den hauptsächlichsten Gattungsmerk-
malen von Orbifrons über. Augen nackt. Fühler kaum von
$^2/_3$ der Vorderflügellänge, beim ♂ kurz zweiseitig bewimpert,
ungezähnt, beim ♀ fadenförmig. Palpen kurz, den Kopf nicht
überragend, gerade vorgestreckt; das zweite Glied seitlich zu-
sammengedrückt, ziemlich lang behaart; das Endglied ganz
kurz glatt behaart, in den Haaren des zweiten Gliedes ver-
steckt, so dass man nur das Ende erkennen kann. Die Stirn
eigenthümlich kreisrund behaart, so dass in der Mitte eine nackte
Hornplatte bleibt, die bei dem einen ♀ deutlich zu sehen ist
und ganz glatt zu sein scheint. Bei den andern beiden Stücken
wird diese kahle Stelle fast ganz von den kreisförmig gestellten, nach innen gerichteten Haaren bedeckt. Scheitel und
Thorax mit aufwärts gerichteten Haaren dicht (rauh) besetzt
(behaart). Brust und besonders Schenkel und Schienen sehr
lang weiss behaart, ebenso der Metathorax. Nur bei dem
einen Stück erkenne ich an den Mittelschienen durch die Behaarung deutlich kleine Dornen, einzelne auch an den Hinterschienen; an den Tarsen treten ganz kleine Dornen deutlich
auf. Die Mittelschienen haben ein Paar, die Hinterschienen
zwei Paar stark entwickelter Sporen. Der Hinterleib ist ziemlich konisch bei dem ♀, beim ♂ dreieckig, anliegend behaart,
an den letzten Segmenten besonders beim ♂ mit seitwärts ab-
stehenden ziemlich langen Haaren. Das ♂ hat sehr grosse
langbehaarte Afterklappen. Flügelform ähnlich wie bei Brithys,
die vorderen an der Spitze mehr gerundet, auch die hintern
etwas runder. Die Mittelzelle der Hinterflügel ist nur durch
eine sehr schwache Querrippe geschlossen, so dass sie fast offen
erscheint; aus der unteren Ecke entspringen Rippe 3 und 4
gemeinschaftlich; die aus der Querrippe hervorkommende
Rippe 5 ist sehr schwach, bei einem Stück gar nicht erkennbar; Rippe 6 und 7 entspringen ganz kurz gestielt aus der
oberen Ecke der Mittelzelle. Vielleicht stellt man die Gattung
Orbifrons vor der Hand am besten zwischen Agrotis und Brithys.

Die Vorderflügel der Orbifrons Mira sind licht gelbgrau mit schwarzem Basalfleck am Vorderrande, breiter, schwarzer Basallinie dahinter, schwarzem Fleck in der Mitte des Vorder- und Innenrandes. schwarzer, gezackter Aussenrands- und unterbrochener Limballinie. Hinterflügel oben eintönig grau. ♂ ♀ 32—35 mm.

Die Grundfarbe des ganzen Thieres ist ein lichtes Grau mit schwach gelblichem Anflug. Die Palpen (das Mittelglied) nach aussen schwarz; nur die Spitzen bleiben licht. Die Vorderflügel zeigen hart an der Basis am Vorderrand einen kleinen schwarzen Fleck; unter demselben ist ein anderer, der aber von den Haaren der Schulterdecken meist verdeckt wird. Am Vorderrand beginnt etwa bei $^1/_5$ seiner Länge eine breite, schwarze, scharfe Linie (Binde), die schräg nach aussen ziehend etwas vor der Mitte des Innenrandes ausläuft. Sie macht besonders nur dicht unter der Zelle einen nach aussen gehenden Zacken. Etwas hinter derselben steht am Innenrand ein schwarzer Fleck, der bei den ♀♀ durch einen schmalen schwarzen Innenrandstreif mit der vorerwähnten schwarzen Querlinie verbunden ist. Ein ähnlicher schwarzer, ganz isolirter Fleck steht am Vorderrande, etwas hinter der Mitte desselben. Vor dem Aussenrande steht dann noch eine gezackte schwarze Binde, die am Vorderrande am stärksten auftritt und bei dem ♂ fast hier nur allein als grosser Fleck vorhanden ist. Bei den ♀♀ macht sie gleich oben und etwa in der Mitte je einen Doppelzacken nach aussen, die rudimentär auch beim ♂ vorhanden sind. Die Limballinie besteht aus nicht ganz zusammenhängenden schwarzen Strichen. Die Fransen sind bis zur Mitte dunkler als nach aussen. Am Ende der Mittelzelle ist bei einem Paar eine grosse Nierenmakel durch ganz feine, schwarze Umrandung undeutlich angedeutet; davor steht eine kleine, runde Linie, die das äussere Ende einer nicht vorhandenen runden Makel anzudeuten scheint. Auf der schmutzig weissgrauen Unterseite steht ein runder schwarzer Punkt am Schluss der Mittelzelle, darüber am Vorderrand ein kurzer, schwarzer Strich, dem oberen entsprechend, und nach vorn ein verloschener, schwarzer Flecken, sowie auch ein anderer kleiner an der Basis des Vorderrandes. Ganz matt, als Fortsetzung des Vorderrandstrichs erkennt man bei dem einen ♀ eine dunklere Aussenquerlinie.

Die Hinterflügel sind oben eintönig ⋅ grau, die Fransen gelblich mit dunkler, unterbrochener Theilungslinie. Unten sind sie schmutzig weiss mit dunklem Mittelfleck, dunkler Querlinie dahinter und dunklerem Aussenrand. In den lichten Fransen stehen hier deutliche dunkle Flecken.

Agrophila Deleta Stgr. Vorderflügel blass olivengrün (gelb), meist mit einigen lichteren (schwefelgelben) Flecken besonders in der Mittelzelle, zuweilen mit einer kurzen, schwarzen Querlinie unfern des Aussenrandes, in der Mitte der Flügelbreite; Hinterflügel mattgrau. ♀ ♂ 19—21 mm.

Von dieser unscheinbaren neuen Agrophila erhielt ich ein ♂ und vier ♀, meist recht gut erhalten, von Herrn Dr. Sérizéat bei Collo in Algerien gefangen. Bildung der Fühler, Palpen etc. genau so wie bei der gemeinen Trabealis Sc. (Sulphurea Schiff.), und Grösse der kleineren Exemplare dieser Art. Die Vorderflügel haben ein sehr verloschenes Ansehen; ihre Färbung ist ein schmutziges blasses Lehmgelb mit olivengrünem Anflug; das eine ♀ ist dunkler, olivengrau, das ♂ heller schmutzig gelb; beide Stücke fast zeichnungslos. Bei den andern Stücken bemerkt man einige hellere, gelbe Flecken, besonders in der Mittelzelle deren zwei, einen kleineren an der Basis und einen grossen am Ende, der bei einem Stück ein regelmässiges Viereck, fast Quadrat, bildet. Ein sehr verloschener lichter Fleck steht unter diesen beiden und ein vierter hinter ihnen am Vorderrand. Nur bei zwei ♀♀ beginnt unterhalb dieses letzteren verloschenen lichten Vorderrandflecks eine schmale dunkle, matt bleiglänzende Linie, welche der bei Trabealis entspricht. Dieselbe besteht eigentlich nur aus Punkten, macht nach unten zu eine schwache Biegung nach innen, wird hier aber ganz rudimentär und ist bei dem einen Stück nur durch einen schwarzen Punkt unfern des Innenrandes angedeutet. Die Fransen sind theilweise etwas dunkler gemischt, und bei einigen Stücken ist der Aussenrand ganz schmal lichter (gelb) vor denselben. Die Unterseite ist eintönig licht gelbgrau, im Discus kaum dunkler. Die Hinterflügel sind schmutzig lichtgrau; die helleren Fransen haben einen dunkleren Basalstreif, der durch eine meist vorhandene matt lichtere Limballinie von der Flügelfläche sich abhebt. Auf der etwas lichteren, mehr gelblichen Unterseite erkennt man eine äusserst verloschene dunklere Aussenquerlinie (Binde) und davor einen noch verloscheneren dunkleren Mittelfleck. Die dunklere Querlinie wird namentlich durch einige lichtere gelbliche Flecke, welche nach oben hinter derselben stehen, etwas bemerkbar gemacht.

Mit den gewöhnlichen Stücken der Agrophila Trabealis, die ja sehr lebhaft gelb und schwarz gezeichnet sind, und die ich auch von Collo erhielt, ist Deleta gar nicht zu verwechseln. Dahingegen erhielt ich von Collo eine fast ganz zeichnungslose Aberration der Trabealis mit typischen Stücken, welche ich ohne nähere Untersuchung zuerst als eine Aberration der Deleta ansah. Dies Stück, ein ♂, ist auf den Vorderflügeln rein schwefelgelb, nur die schwarze Bleilinie vor dem Aussenrande ist schwach angedeutet. Es unterscheidet sich jedoch von dem einzigen, auch lichter gelben ♂ meiner Deleta oben sofort durch die schwarzen Hinterflügel und unten durch die schwarzen Vorderflügel mit scharf abgeschnittenem gelben Vorder- und Aussenrande. Auch ist das Gelb der Oberseite ein viel lichteres, schwefelgelbes; bei Deleta ♂ hat es immer noch einen ziemlich starken Stich ins Olivengrüne. Aus Lederer's Sammlung besitze ich eine Trabealis ab. mit fast völlig schwarzen Vorderflügeln und aus Schahrud (Nord-Persien) ein sehr lichtes Stück, um die Hälfte grösser als gewöhnliche Exemplare.

Pericyma Grandis Stgr. Vorderflügel schmutzig lichtgrau, mit undeutlicher, dunklerer, runder und Nierenmakel, einer sehr stark S-förmig gebogenen, dunklen Mittellinie, einer gezackten weissen, nach innen dunkel beschatteten Aussenlinie und scharf schwarzen Randpunkten; Hinterflügel bis zur Hälfte weisslich, nach aussen grau mit lichterer Wellenlinie. ♀ 41 mm.

Christoph sandte mir hiervon nur ein am 8. Juni bei Krasnowodsk gefangenes ♀, das zwar an den Hinterflügeln zerrissen, sonst aber frisch und mit vollen Fransen ausgestattet ist. Peric. Grandis ist fast doppelt so gross, wie die beiden bekannten europäischen Arten Albidentaria und Squalens, welche letztere ich jetzt für eigene Art ansehen möchte, worüber ich in meiner bereits geschriebenen Lepidopteren-Fauna Kleinasiens Näheres sage. Vorderflügel schmutzig weissgrau, in der Mitte und nach aussen etwas dunkler grau. Sehr verloschen tritt eine kleine runde und eine grössere Nierenmakel auf. Von der letzteren zieht eine gezackte (nach innen schwach doppelte) Querlinie gerade nach der Mitte des Innenrandes hinunter. Diese Linie ist bei genauer Betrachtung nur die Fortsetzung einer äusseren schwarzen Querlinie, welche am Vorderrand (etwa bei ³/₄ seiner Länge) beginnt, ziemlich grade und schwach gezackt bis Rippe 4 herabzieht, hier aber einen rechten Winkel nach innen macht und sich erst unter der Nierenmakel wieder in einem rechten Winkel nach unten wendet. Der in der Längsrichtung (auf Rippe 4) laufende Theil dieser Linie ist nun aber bei dem vorliegenden Stücke fast ganz verloschen, jedoch mit der Lupe noch erkennbar und wird sicher bei andern Stücken dieser Art weit deutlicher auftreten. Ebenso mag die Basalquerlinie, von der nur schwache Spuren erkennbar sind, bei andern Stücken mehr entwickelt sein. Vor dem Aussenrand verläuft eine kurzgezackte und etwas gebogene weissliche Querlinie, welche nach innen schwarz beschattet ist, und sogar weiter nach innen noch eine sehr undeutliche zweite Querlinie zeigt. Der Aussenrand ist ziemlich stark gewellt und schwarz umsäumt, und zwar so, dass die Einschnitte eines jeden Bogens von dem Ende einer Rippe zur nächsten gehen, indem die Bogen mit der konvexen Seite nach aussen gekehrt sind. An dem Endpunkte jeder Rippe steht ein scharfer schwarzer Punkt. Die grauen Fransen haben eine schmale, lichte Basal- und eine solche Theilungslinie kurz vor ihrem Ende. Die Unterseite ist schneeweiss bis auf den Aussentheil, welcher ganz am Aussenrand eine breite graue Binde mit den schwarzen oberen Punkten bildet; vor dieser grauen Binde steht eine ziemlich scharf abgeschnittene schwärzliche Binde, die vom Vorderrand ausgehend sich etwas nach unten zu verjüngt und bei Rippe 2 ganz aufhört. Unterhalb der Subcostalis entspringt die der Gattung Pericyma eigenthümliche lange Haarmähne, die hier besonders auffallend und lang ist. Die Hinterflügel sind bis zur Hälfte ganz weiss, nur am Innenrand der Rippen grau angeflogen; die äussere Hälfte, oder ein breiter Aussenrand, ist grau, in der Mitte mit einer matt lichten Querlinie und nach unten und innen zu in zwei bis drei dunkle Querlinien aufgelöst. Die Aussenrandzeichnung ist wie auf den Vorderflügeln; nur sind die schwarzen Punkte nicht so scharf. Die Fransen sind lichter, am Innen- und Vorderwinkel ganz weiss. Unten sind sie noch reiner weiss, und der graue Aussentheil ist nach innen verloschen schwärzlich. Die Palpen sind grauweiss; die Spitze des letzten ziemlich langen Gliedes graugelb. Die Schenkel sind sehr lang weiss behaart, die Schienen und Tarsen grau, letztere oben am Ende der Glieder licht geringelt.

Leucanitis Picta Stgr. Der Cailino sehr ähnlich, Vorderflügel dunkel (schwarz) grau mit breiter, lichter (oft blauweisser oder gelber) Mittelbinde, hinter derselben unter dem Vorderrand mit grossem, gezahntem lichteren Flecken, mit lichter gezackter Aussenquerlinie und blaugrauem Aussenrande. Hinterflügel mit weisser Basis, durch einen breiten grossen, schwarzen Mondstrich getheilt, der in die breite, schwarze äussere Hälfte verläuft, welche am Rande einen bis zwei weisse Flecken zeigt. In dem breiten schwarzen Aussenrand der Unterseite aller Flügel stehen je zwei oder drei weisse Flecken. ♂ ♀ 30—36 mm.

Bereits in Lederer's Sammlung steckten von dieser neuen, der Cailino recht ähnlichen Art, zwei abgeflogene Stücke hinter Cailino: das eine aus Syrien, das andere, das grösste aller meiner vorliegenden Stücke, aus Helenendorf (Süd-Caucasus). Später sandte mir Christoph zwei ♀♀ unter dem Namen Picta ein. die er bei Krasnowodsk am 5. und 15. Mai gefangen hatte. Es sind dies die kleinsten meiner vorliegenden Stücke. Im letzten Jahr nun erhielt ich eine grössere Anzahl dieser interessanten Art, die Herr Henke in einer Steppe zwischen Astrachan nnd Sarepta mit vier andern Leucanitis-Arten gefangen hatte. Zwei von diesen andern Arten waren bekannte, nämlich die nahe Cailino und die fast unbekannte Cestis Mén. (Punctata Mén); zwei waren ganz neue, die im Folgenden beschriebenen Leuc. Henkei und Tenera.

Leuc. Picta ist also ganz ähnlich wie Cailino gezeichnet, aber etwas bunter. Die Fühler des ♂ sind vielleicht etwas dünner und kürzer bewimpert, als die bei Cailino. Behaarung, Palpen und Beine ganz wie bei Cailino. Einen „eigentlichen kurzen, spitzen Haarschopf zwischen den Fühlern", den Lederer als charakteristisch für die Gattung Leucanitis angiebt, kann ich weder bei Cailino noch bei Picta entdecken. Die Palpen sind allerdings meist nach „aufwärts gekrümmt", öfters senkrecht nach oben gehend, zuweilen aber auch horizontal nach vorn gestreckt. Auf den Vorderflügeln ist das dunkle Basalfeld grau gewellt, mit meist brauner Binde endigend, ohne Basallinie wie bei Cailino. Die nun folgende breite Mittelbinde ist stets lichter, zuweilen nur lichter grau, zuweilen blauweiss, zuweilen, besonders bei den ♂♂, gelblich. Nach aussen ist sie wie bei Cailino dunkler beschattet. In dem nun folgenden dunklen Theil steht hinter der Mittelzelle ein langgezogener zackiger Flecken, ganz wie bei Cailino, nach aussen mit drei Zacken, einem oben und zwei dicht zusammen unten. Dieser Flecken ist meist lichter grau, zuweilen gelb (bei ♂♂), stets lichter umzogen. Eine lichtere, weissgelbliche Querlinie trennt diesen dunklen Flügeltheil von dem schmalen blaugrauen Aussenrandtheil. Diese lichte Linie ist etwas mehr gezackt und gebogen als bei Cailino; nach aussen ist sie breiter braun beschattet als bei Cailino, wodurch der blaugraue Aussenrand hier schmäler wird. Nach innen sendet sie wie bei Cailino kleine schwarze Pfeilstriche in den dunklen Theil. Die Limballinie ist mehr oder minder deutlich schwarz; die dunklen Fransen sind am Vorder- und Innenwinkel weisslich und führen meist eine deutliche dunklere Theilungslinie hinter der Basis. Auf der Unterseite ist etwa das erste Dritttheil schmutzig weiss; dann folgt eine dunklere (schwarze) Binde, schräg vor der Mitte des Vorderrandes (den sie nur unvollständig erreicht) nach hinten in den breiten schwarzen Aussenrandtheil verlaufend, so dass der dunklere Mittelfleck meist ganz von ihr absorbirt wird. Hinter dieser Binde steht, wie bei Cailino, ein langer, ovaler, weisslicher Flecken, der den breiten schwarzen Aussentheil scharf begrenzt. In diesem stehen nach oben zwei weisse, meist zusammengeflossene Flecken und nach unten, im Innenwinkel ein völlig isolirter unregelmässiger, meist runder, weisser Flecken. Bei Cailino ist dieser Aussentheil entweder vorherrschend weiss, oder mit weisslich verloschener Binde (Linie), aber nie mit richtigen weissen Flecken ausgestattet. Die Hinterflügel sind vorwiegend schwarz mit weisslichem Basaltheil. Dieser weisse Theil ist durch eine ziemlich breite schwarze Binde, welche vom Mittelmond ausgeht, den (durch die Vorderflügel verdeckten) Vorderrand nicht erreichend, mit dem schwarzen Aussentheil sehr kompakt verbunden. Dadurch entsteht ein meist scharfer runder, weisser Flecken nach aussen und ein länglicher, schmutzig weisser Basaltheil nach innen. Bei Cailino ist dies nie der Fall, sondern das kleine schwarze Mittelband ist nur durch die schwarzen Rippen mit dem Aussentheil verbunden. Vor dem Aussenrand stehen bei Picta fast stets zwei kleine weisse Flecken, der eine etwa bei $\frac{1}{3}$, der andere bei $\frac{2}{3}$ seiner Länge. Der obere verschwindet bei einzelnen Stücken fast ganz; der untere wird nur bei dem dunkelsten ♀ sehr rudimentär. Die Fransen sind weiss, nur in der Mitte, zwischen den zwei weissen Flecken, dunkel wie bei Cailino; meist sind sie auch am Innenwinkel etwas dunkler. Die Unterseite ist ganz ähnlich wie die obere, nur dass am Vorderwinkel noch ein dritter kleiner Aussenrandfleck auftritt, und dass die Mittelmondbinde nicht so stark wie oben ist. Bei Cailino steht der Mittelmond stets isolirt, und statt der drei weissen Aussenrandsflecken der Picta ist eine meist deutliche weisse Aussenrandslinie (Binde) vorhanden. Mit anderen Leucanitis-Arten ist Picta nicht zu verwechseln; die mir in Natur unbekannte Sesquistria Ev. hat ganz weisse Basalhälfte der Hinterflügel und auch ganz anders gezeichnete Vorderflügel.

Leucanitis Tenera Stgr. Vorderflügel licht aschgrau mit drei meist sehr verloschenen dunkleren Querlinien, einer gezackten basalen, einer hinter der Mittelzelle (die einen tiefen Winkel nach innen macht) und einer vor dem Aussenrand stehenden; das ♂ mit drei grossen gelbbraunen Flecken in der Mitte. Auf der weisslichen Unterseite steht vor dem Aussenrand, in dessen Mitte, ein tief schwarzer, ziemlich grosser runder Fleck. Hinterflügel bis zur Hälfte schmutzig weiss, aussen schwärzlich mit grossen, runden, tiefschwarzen Flecken in lichterer Umhüllung in der Mitte des Aussenrandes vor den überall schneeweissen Fransen. ♂ ♀ 28—30 mm.

Diese sehr interessante Art ist allen bekannten Leucanitis-Arten völlig unähnlich, scheint aber dennoch ganz gut in die Gattung zu passen. Ich erhielt sie in einer kleinen Anzahl theilweise leider abgeflogener Stücke von Herrn Henke, der sie in der nämlichen Steppe Süd-Russlands mit der vorigen Art erbeutete. Die kleine zierliche, schlanke Art hat etwa die Grösse und den Habitus der Rada B.; sonst dürfte sie am Besten nächst Caucasica Koll. im System einzuschalten sein. Fühler des ♂ ganz kurz bewimpert. Palpen meist aufwärts gerichtet, das Endglied meist etwas nach vorn, zuweilen auch das zweite Glied vorwärts gerichtet, eintönig grauschwarz gemischt. Stirn glatt wie bei Cailino etc. Beine wie bei Cailino und andern Arten gebildet, nur schlanker. Die Vorderschienen führen wie diese Arten in ihrer Basis nach innen einen langen hornigen Fortsatz und am Ende zwei starke krumme Dornen, Auszeichnungen, die Lederer unerwähnt lässt. Die Vorderflügel haben eine lichte, aschgraue Grundfarbe, weit lichter als bei Caucasica, fast schön blaugrau. Drei meist sehr verloschene dunklere Querlinien lassen sich besonders bei den ♂♂ deutlich erkennen. Die erste schwach gezackte oder gewellte steht etwa bei $^1/_4$ der Flügellänge. Die zweite beginnt etwa bei $^3/_4$ der Vorderrandlänge an demselben, zieht sich etwas gezackt ziemlich senkrecht bis Rippe 3 und biegt sich dann ziemlich rechtwinklig nach innen, um sich etwa unter dem Schluss der Mittelzelle wieder nach dem Innenrand zu biegen, den sie schwach gebogen etwas vor $^2/_3$ seiner Länge erreicht. Die dritte Querlinie verläuft etwas gezackt und zweimal stärker nach innen gebogen, vor dem Aussenrand, und ist eigentlich eine lichte, weissliche oder gelbbraune, nach innen schwarz beschattete Querlinie, wo bei einigen Stücken die schwarze Beschattung vorherrscht. Bei den ♂♂ tritt noch eine eigenthümliche gelbbraune Fleckenbildung auf, von der die ♀♀ keine Spur zeigen. Ein solcher langer, stumpf keilförmiger Flecken füllt das Ende der Mittelzelle aus; dahinter steht der zweite, ziemlich grosse, unregelmässig runde, durch die zweite schwarze Querlinie nach aussen begrenzt, und unter dem Ende des ersten steht der dritte, unregelmässig lang nach unten gerichtete, den Innenrand fast erreichend. Die Flecke sind ziemlich unbestimmt begrenzt, bei einem ♂ ganz verschwommen, der untere mit dem erstern vereint und dieser spitz bis zur Basis der

Mittelzelle reichend. Auch die (basale) erste und zweite Querlinie sind beim ♂ stärker schwarz und nach aussen meist fein gelbbraun umzogen. Auf der weisslichen Unterseite ist die Vorderecke verloschen grau angeflogen, und ein ziemlich breiter verloschener, schwärzlicher Mittelflecken oder Mittelstreif vorhanden. Besonders auffallend ist aber ein unregelmässig runder (etwas zackiger), tiefschwarzer Flecken unmittelbar vor dem Aussenrande in dessen Mitte. Dieser wird nur bei einem ♂ ziemlich schwach und ist hier nur der Aussentheil von Rippe 3 und 4 breit tiefschwarz, der Theil dazwischen nur schwärzlich. Vor den grauen, ganz matt dunkler gebänderten Fransen verläuft oben eine undeutliche unterbrochene dunkle Limballinie (Limbalstriche); unten fehlt dieselbe ganz, die Fransen selbst sind hier lichter. Die Basalhälfte der Hinterflügel ist schmutzig grauweiss mit dunkleren Rippen. Die Aussenhälfte ist breit mattschwarz mit schneeweissen Fransen. Höchst auffallend ist ein grosser, runder (halbrunder) tiefschwarzer Flecken unmittelbar am Aussenrand, etwa in seiner Mitte, zwischen Rippe 2—5. Derselbe ist nach innen meist ziemlich breit umrandet, und hebt sich so noch mehr hervor. Auf der schmutzig weissen Unterseite ist dieser Flecken weit kleiner und weniger auffallend, die lichte Umrandung weit breiter und der Aussentheil nur sehr matt dunkler angeflogen. Die Querrippe tritt etwas schärfer schmal schwarz hervor.

Leucanitis (Palpangula) Henkei Stgr. Vorderflügel gelbgrau mit weisslicher Einmischung und drei meist verloschenen dunkleren Querlinien, einer basalen gezackten, einer meist doppelten hinter der Mittelzelle und einer vor dem Aussenrand nach aussen licht umsäumten; Rippen schwarz und weiss gemischt; dazwischen grosse schwarze Limbalpunkte. Hinterflügel weisslich mit schmaler, schwärzlicher Halbbinde hinter der Mittelzelle und einer breiten vor dem Aussenrand; an diesem etwa in der Mitte mit einem grossen, runden, tiefschwarzen Flecken, der auch auf der weissen Unterseite fast eben so stark auftritt. Die ♀♀ mit langer bräunlicher Behaarung im Basaltheil. ♂ ♀ 34—35 mm.

Auch diese höchst eigenthümliche Art wurde mit den vorigen von Herrn Henke (3 ♂ und 2 ♀) in der Steppe zwischen Sarepta und Astrachan erbeutet, und ich nenne sie nach diesem ausgezeichneten Sammler, der obwohl eigentlich nicht Insektensammler, die verschiedenen hier beschriebenen ganz neuen Arten aufgefunden hat. Das Thier hat ein von allen früher bekannten Leucanitis-Arten ganz verschiedenes Ansehen; den tiefschwarzen runden Randflecken der Hinterflügel hat es mit

Tenera gemein, auch Flexuosa zeigt schon annähernd einen solchen, wenn auch lange nicht so auffallend. In den Lepidopteren von Turkestan hat aber Erschoff 1874 pag. 56 eine Leucanitis Spilota beschrieben und Tafel IV, Fig. 58 abgebildet, die sehr nahe steht, und von der die vorliegende Art vielleicht eine Lokalform ist, was mir freilich sehr fraglich erscheint. Ich kann leider nur nach der kurzen lateinischen Diagnose und Abbildung urtheilen; die russische Beschreibung ist mir ein Buch mit sieben Siegeln.

Leuc. Henkei hat etwa die Grösse einer kleinen Cailino, aber einen robusteren Bau und stärkeren Hinterleib. Die Fühler des ♂ sind ganz ausserordentlich kurz bewimpert. Die Wimpern sind fast nur durch die Lupe zu erkennen. Der Bau der Palpen ist von denen der anderen Leucanitis - Arten ziemlich verschieden. Das zweite Glied, bei den ♀ etwas dünner als bei den ♂, ist nur sehr wenig nach oben gerichtet, bei dem einen ♀ hängt es entschieden etwas nach unten; das Endglied ist über doppelt so lang wie bei den anderen Arten und wohl über halb so lang, als das zweite Glied, wenigstens bei den ♀♀, wo es etwas länger und dünner ist als bei den ♂♂; es macht mit dem zweiten Glied einen ziemlich stumpfen Winkel und neigt sich nach unten zu; es ist wie die obere Hälfte des mittleren nach aussen schwarz, sonst braungrau gemischt. Die Zunge ist lang wie bei den übrigen Leucanitis. Die Vorderschienen haben an der inneren Seite der Basis den bereits bei Tenera erwähnten langen hornigen Fortsatz (Dorn). Die Behaarung der Schenkel und Schienen ist eine nur kurze und ziemlich starre auf den Mittelschienen. Aus den Haaren dieser letzteren ragen einige lange braune Borsten hervor; ebensolche lange Borsten finden sich am Ende der Hinterschienen oberhalb des Endsporenpaars; einige stehen auch zwischen der Basis und den Mittelsporen. Bei den ♀♀ sind sie weit auffallender als bei den ♂♂. Auch die vorderen Schienen sind mit einigen Dornborsten versehen und besonders die Tarsen des letzten Beinpaars mit kurzen Dornen reichlich garnirt. Der Hinterleib ist verhältnissmässig stark, wenig über die Hinterflügel hervorragend, ziemlich rund, nach hinten etwas konisch zugehend. An den vorletzten Segmenten (5 und 6) bemerkt man seitliche Schuppenbüsche, die besonders bei dem einen ♂ an der einen Seite stark hervorragen. Die ♀♀ zeigen auf der Bauchseite am Hinterrand des sechsten Segments ziemlich lange, nach hinten gerichtete Schuppenhaare (Schuppenkranz). Dahingegen ist bei ihnen das folgende Segment auch am After unbehaart, oder doch mit gar nicht hervorragenden, ganz kurzen

Härchen versehen, während es bei den ♂♂ mit einem kurzen, starren Afterbusch versehen ist. Der Thorax ist wie der Kopf mit ziemlich grossen glatten Schuppen bekleidet, weiss und braun gemischt. Unter den meist etwas aufgerichteten Schulterdecken kommen feine weisse Haarbüschel zum Vorschein.

Die Vorderflügel sind eigenthümlich schmutzig grauweiss, braun und schwarz gemischt. Besonders auffallend ist die radiale Streifenzeichnung, welche dadurch entsteht, dass die Rippen mehr oder minder, besonders stark nach aussen, schwarz mit weissen Schuppen bestreut hervortreten. Von den Querzeichnungen sind die drei gewöhnlichen Querlinen in der Anlage vorhanden. Die erste, etwa bei $^1/_4$ der Flügellänge, tritt nur bei einem ♀ deutlicher als eine nach dem Innenrand zu stark gebogene, in der Mitte zwei kurze Zacken bildende, schwarze Querlinie auf, die am Vorderrand in einem breiteren dunklen Flecken angedeutet ist. Solche dunkle Flecken zeigt der Vorderrand im Ganzen 5—6; zwei kleinere noch vor dem eben erwähnten und drei dahinter, oberhalb der Mittelzelle und der beiden andern Querlinien. Die zweite Querlinie ist die deutlichste, bei den beiden ♀♀ eine doppelte; sie verläuft ziemlich schwach nach aussen gebogen und kaum gezackt hinter der Mittelzelle, vollständig vom Vorder- bis zum Innenrand. Die äussere Querlinie ist nur unvollständig, eigentlich eine weissliche, nach innen dunkelbeschattete Querlinie, mit einer stärkeren Ausbuchtung nach oben und etwas unter der Mitte, welche besonders nur schwarz ausgefüllt, fleckenartig, hervortreten. Am Aussenrand stehen zwischen den Rippen sieben grosse schwarze Punkte, nach aussen meist von einem kleinen weisslichen Punkt (in den Fransen) gefolgt. Der in der Flügelspitze stehende grössere schwarze (achte) Fleck (Punkt) gehört der schwarzen Ausfüllung der letzten Querlinie an. Der Aussenrand und die Fransen sind schwach gewellt, letztere mehrfach dunkel und hell gebändert, an den Spitzen dunkel. Die Unterseite dieser Flügel ist weisslich, nur nach der Spitze und dem Aussenrande zu wenig braungrau angeflogen. Spilota Ersch. zeigt dunkle Vorderflügel mit zwei ziemlich breiten ganz weissen Querbinden auf der Abbildung, die aber entschieden verfehlt zu sein scheint. Nach der lateinischen Diagnose sind die Vorderflügel grau, mit einer dunkleren schwarz gerandeten Mittelbinde, die nach aussen weisslich „beschattet“ (albido-adumbrata) sein soll; der Aussenrand ist auch schwarz punktirt.

Die Hinterflügel meiner Henkei sind schmutzig weiss mit verloschener schwärzlicher Halbbinde hinter der Mittelzelle und einer breiteren vor dem Aussenrande. Die erste, schmale, erreicht den Vorderrand nicht und ist nach innen schwach begrenzt, sich auf den Rippen unbestimmt fortsetzend. Bei den ♀♀ sind dieselben in diesem Basaltheil mit ziemlich langen, gelbbraunen Haaren besetzt, so dass nur der allererste Anfang der Basis rein weiss bleibt. Die äussere breitere dunkle Binde ist nur durch eine sehr verloschen begrenzte ·weisse Binde getrennt, die nach oben hin (bei den ♀♀) ganz aufhört, so dass hier beide Binden zusammen hängen. Nach aussen bleibt ein ziemlich scharf abgeschnittener, breiter, weisser Aussenrand, der aber etwas unterhalb seiner Mitte, zwischen Rippe 2—5 von einem grossen, rundlichen, tiefschwarzen Fleck ausgefüllt ist. Dieser Fleck ist aber noch durch einen sehr schmalen weissen Raum, von einer feinen dunklen Limballinie getrennt, welche nur nach oben sehr verloschen auftritt. Die Fransen sind weiss, nur der dem schwarzen Flecken gegenüberstehende Theil derselben ist grau. Die Unterseite ist ganz weiss, schwach mit Grau bestreut; der schwarze Randfleck tritt deutlich, aber nicht so scharf wie oben, hervor; auch die Limballinie ist matter vorhanden. Die Zeichnungsanlage bei Spilota Ersch. ist auf den Hinterflügeln ganz dieselbe; nur sind die Binden viel schärfer, besonders die mittlere weisse sehr breit. Auch soll Erschoffs Stück ein ♀ sein, und dann fehlt die braune Behaarung der Henkei ♀ gänzlich. Aber vielleicht irrte sich Erschoff im Geschlecht, und sein Stück ist ein ♂, weil sowohl die ganz ähnliche Henkei wie die Cestis Mén. im weiblichen Geschlecht diese Auszeichnung zeigt, und die Fühler des ♂ kaum erkennbar bewimpert und so denen des ♀ sehr ähnlich sind. Auf der Unterseite der Vorderflügel hat Spilota noch einen dunklen Fleck am Ende der Mittelzelle, der meiner Henkei ganz fehlt. Sollten diese beiden Arten von Leucanitis als eigene Gattung getrennt werden müssen, so schlage ich den Namen Palpangula vor. Vielleicht kann die folgende neue Art mit Cestis Mén. dazu gezählt werden.

Leucanitis Dentistrigata Stgr. Vorderflügel lichtgrau mit dunklerem Mitteltheil zwischen der tiefgezackten schwarzen Basal- und Aussenquerlinie, welche nach aussen weisslich umrandet ist. Vor dem Aussenrande eine mit zwei grossen flachen Zacken versehene weissliche Querlinie, nach innen meist stark schwarz beschattet. Hinterflügel weisslich mit verschwommener schwärzlicher breiter Binde vor dem Aussenrand, nach der Mitte am Aussenrand ein damit verbundener etwas tiefer schwarzer Flecken, der auf der untern weissen Seite allein hervortritt. ♀ 36 mm.

Hiervon sandte mir Christoph ein am 14. Maj bei Krasnowodsk gefangenes gut erhaltenes ♀ ein. Ich hielt es fraglich für die mir früher ganz unbekannte Cestis Mén., bis ich in diesem Jahre auch von Herrn Henke eine kleine Anzahl der ächten, ähnlichen Cestis, mit den vorigen Arten zusammen gefangen, aus dem südlichen europäischen Russland empfing. Ich muss mich zunächst über diese bisher kaum gekannte Art kurz auslassen. Ménétriés beschreibt sie in den „Descriptions des insectes reeucillis par feu M. Lehmann" pag. 74 als Catephia Cestis und zwar das ♀, während er das ♂ auf pag. 76 als Ophiusa Punctata beschreibt, und durch zwei neue Arten Oph. Panaceorum (die Christoph auch in einem Stück bei Krasnowodsk fand) und Flexuosa trennt. Taf. VI bildet er Fig. 4 Punctata, Fig. 10 Cestis ab. Der Priorität des Textes zufolge, glaube ich, muss der Name Cestis der Art verbleiben. Meine bereits im Catalog 1871 pag. 136 angedeutete Vermuthung, dass Punctata eine Varietät der Cestis sei, hat sich nach den von Henke erhaltenen Stücken mit absoluter Gewissheit als ein Geschlechts-Dimorphismus herausgestellt. Die erhaltenen ♀♀ zeigen alle den grossen braunen Flecken vor dem Innenrand an der Basis der Hinterflügel; die ♂♂ zeigen keine Spur davon. Im Uebrigen sind die Abbildungen ganz leidlich. Die Fühler des ♂ sind ausserordentlich kurz (kaum) bewimpert. Die Palpen ganz ähnlich wie bei der Leuc. Henkei gebildet. Der Hornfortsatz an der Vorderschiene ist da; die Schenkel sind lang weiss behaart, die Mittelschienen nicht so stark behaart wie bei Henkei; auch fehlen die langen Dornborsten, für die nur viel kürzere vorhanden sind. Das vorletzte Hinterleibssegment zeigt besonders seitwärts starke Büsche ziemlich langer, steifer Haare; auch der After ist kurz behaart.

Leuc. Dentistrigata zeigt nur auf den ersten Blick eine gewisse Aehnlichkeit mit Cestis; der Grundton ist ein lichteres Grau; die Hinterflügel sind schmutziger weiss. Bau der Palpen ganz ähnlich wie bei Henkei; auch ist das dünne Endglied und die obere Hälfte des Mittelgliedes nach aussen schwärzlich. Schenkel und Schienen sind aber fast gar nicht behaart; die Vorderschienen haben innen den Hornfortsatz; aussen, besonders am Ende, sind sie mit einigen sehr starken braunrothen Dornborsten besetzt. Die Mittelschienen sind mit langen weissgelben Dornen nach aussen bewehrt. Die Hinterschienen haben vor dem ersten Sporenpaar und am Ende nach aussen einige längere weissliche Dornborsten (Haare). Der Hinterleib ist ganz glatt beschuppt, unbehaart; nur an den vorletzten Segmenten treten die Schuppen seitlich etwas hervor. Als Grundfärbung der Vorderflügel, des Thorax und des Kopfes ist am Besten ein

Lichtgrau zu bezeichnen. Auf dem Thorax ist es mit weissen Schuppen untermischt; der Metathorax trägt ziemlich lange, feine, weisse Haarbüschel. Die Flügel sind in ihrem mittleren Theil etwas dunkler, schwärzlich bestäubt. Dieser Theil liegt zwischen zwei eigenthümlich geformten schwarzen Querlinien. Die erste ist am Vorderrand, etwa bei $1/5$ seiner Länge, nur als schwarzer Fleck angedeutet, und erst unter der Medianrippe tritt sie scharf auf. Hier macht sie gleich einen sehr spitzen Winkel nach innen, und verbindet sich mit dem nach aussen gehenden spitzen Winkel einer kurzen Halbquerlinie, die dicht hinter der Basis am Vorderrand entspringt, dann aber mit dieser nach aussen ziehenden Spitze in der Mitte der Flügelbasisbreite aufhört. Die obengenannte erste Querlinie macht nun noch einen spitzen Winkel nach aussen und läuft dann ganz schräg nach der Basis zu etwa bei $1/5$ des Innenrandes aus. Die zweite Querlinie beginnt am Vorderrand, hinter seiner Hälfte, läuft zunächst schräg nach aussen (hinter dem Schluss der Mittelzelle), biegt sich dann rund (bei Rippe 4) nach innen um, macht einen langen spitzen Winkel, etwa auf Rippe 2, dann wieder einen rundlichen Spitzbogen nach aussen, darauf einen zweiten kürzeren spitzen Winkel auf Rippe 1 nach innen und läuft dann sehr schwach nach aussen etwa bei $4/5$ der Innenrandslänge aus. Diese Linie ist nach aussen, die basale nach innen weisslich unbestimmt umsäumt. Am Schluss der Mittelzelle ist ein sehr schwach dunkel umzogener Kreis als Nierenmakel erkennbar. Vor dem Aussenrande steht eine weissliche Querlinie, die nach oben und in der Mitte einen grösseren flachen Zacken, unten einen kleinen nach aussen macht. Nach innen zu ist sie besonders in der Mitte breit schwarz beschattet. Der schmale Raum nach aussen zwischen ihr und der schwarzen, etwas unterbrochenen Limballinie ist bräunlich schattirt. Die Rippen in dem lichteren Aussenfelde sind schwärzlich hervortretend. Die dunkel gemischten Fransen sind an der Basis weisslich. Scharf am Vorderrand stehen im Aussentheil vier weisse kleine Flecken (Punkte). Die Unterseite ist eintönig schmutzig weiss, am Vorderrand und in der Spitze etwas grau punktirt, mit schwach durchscheinendem Schatten vor dem Aussenrand. Die Hinterflügel sind schmutzig weiss mit dunklerem Theil (Binde) vor dem Aussenrand, der sich allmählich nach der Basis hin verliert. Die Rippen und der Innenrand sind bis zur Basis schwach dunkel angeflogen. Nach oben bildet dieser dunkle Aussentheil einen rechtwinkeligen Zacken zwischen Rippe 6 und 7; in der Mitte zwischen Rippe 2 und 4 tritt er als dunklerer schwarzer Fleck bis an den

Aussenrand heran, und am Innenwinkel stösst er breit auf den Innenrand. Die ganz weissen Fransen werden durch eine breite schwarze Limballinie von dem weissen Aussenrand getrennt. Auf der weisslichen Unterseite tritt ein kleiner, runder (kreisförmiger), dunkler Fleck in der Mitte der Mittelrippe auf, der Vorder- und Aussenrand ist etwas dunkel bestreut; an letzterem tritt der obere schwarze Fleck etwas matter, rundlich, isolirt, auf; die Limballinie ist auch nur schwach und unterbrochen vorhanden. Zu verwechseln ist diese merkwürdige Art mit der Cestis nicht, welche (abgesehen von den ganz anderen Querlinien der Vorderflügel) auf den reinweissen Hinterflügeln einen grossen, schwarzen, nach oben und unten mit Anhang versehenen Flecken (Fleckenbinde) im Aussentheil hat. Auch fehlt dem ♀ meiner Dentistrigata jede Spur des braunen Basalfleckens (Haare) der Cestis und Henkei.

Catocala Puerpera var. Orientalis Stgr. In derselben Steppengegend, wo Herr Henke die vorstehend beschriebenen interessanten Leucanitis-Arten sammelte, fing er auch eine grössere Zahl dunkler Catocalen, die auf den ersten Blick einen ganz fremdartigen Eindruck machen. Es ist indessen nur eine kleinere dunklere Form der Puerpera, die aber als auffallende konstante Lokalform wohl eine Bezeichnung verdient. Die Stücke messen durchschnittlich nur 50 mm. Flügelspannung, während die anderer Lokalitäten deren 60, ein Stück aus Beirut gar über 70 mm. misst.

Die Vorderflügel sind viel dunkler, grauschwarz, natürlich in verschiedener Farbenabstufung; nur ein Stück ist fast so licht wie die gewöhnlichen Puerpera gefärbt. Das Gelbroth der Hinterflügel ist intensiver, mehr roth; besonders breitet sich auf der Unterseite das Roth weiter nach vorn zu aus als bei der typischen Puerpera. Auch in der hier schmäleren weissen Aussenbinde der Vorderflügelunterseite ist meist ein röthlieher Anflug vorhanden. Der röthliche Mondfleck in der Spitze der Hinterflügel ist bei v. Orientalis kleiner, zuweilen fast ganz fehlend. Sonst ist die Zeichnung, Form der Querlinien und Binden die gleiche, unter sich auch mehr oder minder abändernd. Ein Stück dieser v. Orientalis erhielt ich bereits früher durch Christoph aus Sarepta.

Nemoria Pretiosaria Stgr. Flügel schön saftgrün mit weissen Schüppchen spärlich bestreut; die vorderen mit einer fast graden weissen Querlinie ziemlich weit vor dem Aussenrand; die hinteren mit einer solchen weissen Linie etwa durch die Mitte ziehend. Fühler, Stirn und der ganz schmale Vorderrand der Vorderflügel braun. Hinterleib gelbweiss. ♂ 26 mm.

Das einzige sehr gut erhaltene ♂ stammt höchst wahr-
scheinlich aus dem südlichen Caucasus; vielleicht kann es aber
auch an der Südküste der Krimm gefangen sein. Die sehr
kurz bewimperten, dünnen, männlichen Fühler und die ziemlich
scharfe Ecke am Aussenrande der Hinterflügel stellen die Art
sicher in die Gattung Nemoria. Die Grösse ist die der Nem.
Strigata; sonst kommt Pretiosaria der. Viridata näher. Die
Färbung des Thorax und der Flügel ist ein prächtiges Saftgrün,
dem von Eucr. Beryllaria sehr ähnlich. Die Grundfläche der Flügel
ist spärlich mit weissen Schüppchen bestreut, welche dem blossen
Auge kaum auffallen. Die Vorderflügel führen nur eine (die
äussere) scharfe weisse Querlinie, die ziemlich grade, unge-
zackt, verläuft und nur dicht vor dem Vorderrande eine kurze
Biegung nach innen macht, hier aber sehr verloschen ist.
Der Vorderrand ist ganz schmal lichtbraun, an der Basis am
breitesten, nach der Spitze zu kaum mehr bemerkbar gefärbt. Die
Fransen sind gleichfarbig grün, nur an den äussersten Spitzen
weiss. Auf der Unterseite tritt nur der braune Vorderrand
bis zur Hälfte deutlich auf; sonst ist sie wie auf den hinteren
eintönig grün; nur die Spitzen der Fransen sind auch hier
weiss. Auf den Hinterflügeln setzt sich die weisse Querlinie
der Vorderflügel in derselben Weise, fast grade gehend fort,
nur dass sie dieselben fast in der Mitte schneidet. Kurz vor
ihrem Ende am Innenrande macht sie nach innen eine sehr
schwache Ausbiegung. Zu verwechseln ist diese prächtige Art
mit keiner andern.

Cleogene Opulentaria Stgr. Gelb; Vorderflügel mit bräun-
lichem Basalfeld, breitem gelben Mittelfeld (mit kleinem dunklen
Mittelpunkt) und bräunlicher, nur nach innen scharf begrenzter
Binde vor dem Aussenrand, die aber vor dem Vorderrand endet;
Hinterflügel mit einer unbestimmten dunkleren Binde hinter der
Mitte. ♂ ♀ 35(♀)—43(♂) mm.

Von dieser ausgezeichneten neuen Art sandte mir Christoph zwei gut erhaltene Pärchen ein, die er Anfangs August
bei Kurusch im nordöstlichen Caucasus 7—8000' hoch fing.
Auch Alpheraki sandte mir ein ganz schlechtes Stück ein,
das im nördlichen Central-Caucasus circa 8000' hoch (am
Bermamond?) gefangen war. Fühler des ♂ mit nicht sehr
starkem Schaft, und langen Kammzähnen, wie bei den übrigen
Cleogene-Arten. Palpen sehr dünn und kurz, nach oben gerichtet, an dem Kopf anliegend, die Stirn nicht überragend.
Durch das Geäder der Hinterflügel, besonders aber durch deren
zwischen Rippe 4—6 eingezogenen, etwas gewellten Aussenrand, gehört die Art sicher zu Cleogene, von der es also die

erste gezeichnete Art ist. Ich glaubte lange, dass es eine Aspilates sein müsse. Die Grundfarbe ist ein blasses Gelb, bei dem einen Stück (♀) indessen gesättiger, fast citrongelb. Die Vorderflügel führen ein ziemlich grosses, bräunliches Basalfeld, das auch aussen etwas konvex und am Innenrand kaum halb so breit ist, wie am Vorderrand. Kurz unterhalb der Vorderflügelspitze (in Zelle 6) beginnt eine bräunliche Aussenbinde, die sich bei drei Exemplaren allmählich nach unten verbreitert und am Innenrand kurz vor dem Innenwinkel mündet. Dieselbe ist nur nach innen scharf begrenzt, und diese Begrenzung ganz schwach ausgebogen. Nach aussen verliert sie sich ziemlich allmählich in den hell bleibenden Aussenrand, welcher mit zahlreichen, dunklen Querstrichelchen übersäet ist. Aehnliche dunkle Querstrichelchen oder Punkte befinden sich auch im hellen Mitteltheil, aber lange nicht so zahlreich. Dahingegen treten sie wieder sehr zahlreich und ziemlich stark auf den Hinterflügeln auf. Letztere führen sonst nur eine nach innen scharf abgegrenzte dunkle Binde gleich hinter ihrer Mitte, welche nur bei einem ♀ den Vorderrand als Linie erreicht, und nahe dem Innenrand an Breite allmählich zunimmt, bei dem einen ♂ hier sogar sehr breit wird. Bei allen Stücken geht sie nahe aussen sanft in die braunen Querstrichelchen über. Die gelben Fransen zeigen eine sehr schwache, dunkle Theilungslinie nach aussen bei nur zwei Stücken; bei zwei andern führen auch die Hinterflügel eine rudimentäre dunkle Limballinie. Die Unterseite der Vorderflügel ist besonders im Discus dunkler, mit mehr oder minder durchscheinendem dunklen Basalfeld und Aussenbinde, sowie undeutlichem, kleinem schwarzen Mittelpunkt. Auf den Hinterflügeln scheint hier die obere dunkle Binde nur sehr schwach durch; dieselben sind mehr oder minder reichlich mit dunklen Strichelchen und Punkten besäet; bei dem einen ♀ sehr stark.

Lithostege Castiliaria Stgr. Vorderflügel mäusegrau mit einem Stich in's Olivenfarbige, nach aussen mit einem breiten, scharf abgesetzten, lichten (gelblichen) Querband (Binde); Hinterflügel lichtgrau mit einer sehr verloschenen lichteren Querbinde hinter der Mitte. ♂ 25 mm.

Von dieser eigenthümlichen neuen Art hatte der längst verstorbene Professor Mieg in Madrid zwei gleiche in Castilien gefangene Stücke an den auch bereits vor einigen Jahren gestorbenen Herrn Vogel hier gesandt. Das eine sehr gut erhaltene Stück, leider ohne Fühler, besitze ich davon. Die Grösse ist wie die einer kleineren Griseata; die Vorderflügel sind weniger spitz und dabei dunkelgrau mit grünlichem (olivenfarbenem) Anflug. Als einzige Zeichnung führen sie ein (circa 1 mm.) breites Band von graugelblicher Färbung, dem Aussenrande fast ganz parallel laufend. Das Band beginnt etwa bei $5/6$ der Vorrandlänge, macht dort gleich eine schwache Biegung nach aussen, läuft dann aber ganz grade in den Innenrand kurz vor dem Hinterwinkel aus. Die Fransen sind lichter schmutzig grauweiss. Unterseite eintönig grauschwarz mit weisslichen Fransen. Die Hinterflügel sind lichtgrau; hinter ihrer Mitte erkennt man eine äusserst verloschene, ziemlich breite nur wenig lichtere Querbinde. Die Fransen sind grauweiss wie auf den Vorderflügeln, heben sich aber hier weniger hervor. Die Unterseite ist weit lichter. eintönig weissgelb mit grauem Anfluge. Zu verwechseln ist diese ausgezeichnete Art mit keiner mir bekannten.

Argyresthia Reticulata Stgr. Kopf gelbweiss; Vorderflügel schmutzig gelb, matt glänzend. mit ziemlich verloschener, unregelmässiger, dunkler (bräunlicher) netzförmiger Zeichnung; Hinterflügel fast glanzlos lichtgrau, mit lichteren Fransen. ♂ ♀ 10—11 mm.

Das erste Stück erhielt ich von Herrn Emil Turati, der es auf der Alp Muotas bei Samaden (Ober-Engadin) im August dort fing. Vor Kurzem erhielt ich eine kleine Anzahl ganz frischer Stücke aus dem Wallis. Diese neue Art steht hinsichtlich ihrer Zeichnung fast eben so isolirt da wie meine Trifasciata. Die Grundfarbe der Vorderflügel ist ein schmutziges. mit weiss gemischtes Gelb. etwa wie bei Arg. Semitestacella; auch führen sie etwa denselben matten Glanz wie diese. Ihre Zeichnung ist eine über den ganzen Flügel verbreitete unregelmässig netzförmige. aber meist sehr verloschen und von graubräunlicher Färbung. Besonders heben sich drei dunklere Flecken am Innenrand hervor, bei $1/3$, $2/3$. und am Ende desselben. Diese Flecken setzen sich bei einigen Stücken verloschen bindenförmig schräg bis zum Vorderrand fort; bei andern aber vertheilen sie sich nach oben netzförmig. Die Unterseite ist eintönig glänzend gelbgrau. Die lichtgrauen Hinterflügel sind oben fast glanzlos, unten hingegen ziemlich stark glänzend. Die langen Fransen sind lichter, weissgrau. Der Kopf ist weiss, die Fühler schwarz geringelt, ganz so wie bei Semitestacella und andern Arten.

Lita Valesiella Stgr. Vorderflügel grauschwarz, mit drei tiefschwarzen, zuweilen bräunlich umzogenen Punkten, einem in der Falte und zweien nach aussen darüber in der Mittelzelle;

hinter derselben eine meist sehr verloschene weissliche Querbinde (weisser Vorderrand- und Innenrandfleck). ♂♀ 13—16 mm.

Diese neue Art erhielt ich mehrfach von Anderegg aus dem Wallis; ein Stück auch von Haberhauer aus dem Süd-Caucasus. Sie steht der Strelitziella zunächst, ist etwas grösser und weit dunkler gezeichnet. Grundfarbe der Vorderflügel grauschwarz, zuweilen lichter schwarzgrau. Wie bei Strelitziella erkennt man drei tiefer schwarze Punkte auf denselben; einer ist etwa in der Mitte der Falte, der zweite dicht darüber, etwas nach aussen hinter der Mitte, der dritte am Ende der Mittelzelle. Diese Punkte sind nur bei einigen Stücken. und auch da nur sehr schwach braun umzogen; bei Strelitziella absorbirt die braune Umrandung oft gar die schwarzen Punkte. Ein vierter schwarzer Punkt ist bei einigen Valesiella noch gleich hinter der Basis in der Falte bemerkbar. Hinter der Mittelzelle steht eine meist sehr verloschene weissliche Querbinde (Linie), die sich oft nur als weisser Flecken am Vorder- und Innenrand erkennen lässt. Bei Strelitziella ist sie stets viel mehr hervortretend, schärfer; auch führt diese Art weissliche Einmischung hinter der Basis und in der Mitte des Flügels, die der Valesiella ganz fehlt. Hinter dieser verloschenen weissen Querbinde ist auch der Vorderrand mehr oder minder, besonders bei den ♀♀ weisslich gemischt. ebenso der Aussenrand. In dieser weisslichen Mischung bemerkt man meist am Vorderrand zwei, am Aussenrand drei bis vier verloschene schwarze Punkte stehen. Die besonders am Innenwinkel sehr langen Fransen sind bei den ♀♀ weissgrau, bei den ♂♂ grau, selbst grauschwarz. Die Unterseite ist eintönig glänzend schwarzgrau; nur am (etwas abgeschnittenen) Ende des Vorderrandes bemerkt man sehr verloschen drei bis vier wenig lichtere (weissliche) Striche, ebenso eine lichtere Limballinie vor den Fransen. Die Hinterflügel haben dieselbe Form wie bei Strelitziella und sind ebenso lichtgrau mit sehr langen Fransen, die an der Basis eine schmale gelbliche Linie (Limballinie) zeigen. Thorax und Kopf grauschwarz. Die Fühler bei den ♂♂ ganz dunkel, bei den ♀♀ sehr matt licht geringelt; bei Strelitziella sind sie meist lebhaft schwarz und weiss geringelt. Die nach oben krumm aufgerichteten Palpen sind nach innen licht, nach aussen das Mittelglied schwarz und weiss gemischt, das Endglied in der Mitte und am Ende schwach licht geringelt. Die Tarsen sind lebhaft hell und dunkel geringelt.

Laverna Albidorsella Stgr. Thorax und Kopf mit den langen Palpen weiss. Vorderflügel schmal und spitz mit breitem weissen Innenrand, dunklem Vorderrand bis über die Hälfte desselben, grossem, dunklen, fein weiss umzogenen Flecken darunter, breiter weisslicher Querbinde dahinter und bräunlicher Färbung nach aussen. ♂ (?) 16 mm.

Vor länger als 22 Jahren fing ich ein gut erhaltenes Stück auf der Insel Sardinien, dem leider der Leib abgebrochen ist, das ich aber für ein ♂ halte. Ein zweites ganz frisches, aber nur halbes Stück sandte mir Millière in diesem Herbst zur Bestimmung ein, und dieses war von ihm am 22. Mai bei Cannes gefangen worden. Diese ausgezeichnete Art ist von allen bekannten Laverna-Arten völlig verschieden. Etwa so gross wie kleinere Conturbatella; es hat weit schmälere und spitzere Vorderflügel, spitzer als die der Phragmitella. Der Innenrand ist der ganzen Länge nach weiss, an der Basis am breitesten (hier über die halbe Flügelbreite weiss), nach aussen allmählich abnehmend. Der Vorderrand (die obere Längshälfte) ist bis hinter der Mitte dunkel, schwärzlich. Dieser schwärzliche Theil umfasst in seiner Mitte einen grossen halbrunden Flecken, der bei dem französischen Stück ziemlich scharf fein weiss umzogen ist; bei dem sardinischen, wo er mehr bräunlich ist, sieht man hiervon nur Spuren. Am vorderen unteren Theil dieses Kreisfleckens steht noch auf dem weissen Innenrandstheil ein kleiner Haufen etwas aufgerichteter bräunlicher Schuppenhaare, bei dem französischen Stück fast weiss. Hinter diesem dunklen Vorderrandstheil zieht sich eine breite unregelmässige weisse Querbinde durch den Flügel, etwa mit dem Aussenrande parallel laufend. In ihrer Mitte steht ein kleiner schwarzer Querstrich und auch nach innen stossen unter dem Vorderrand an ihn ein Paar verloschene kleine dunkle Striche. Nach aussen verliert sie sich sehr unregelmässig in den etwas bräunlich gefärbten äusseren Flügeltheil. Bei dem französischen Stück bildet die braune Farbe einen ziemlich scharfen, kleinen, dreieckigen Fleck; der nach aussen durch eine weissliche Linie, nach oben durch (drei) schwärzliche kleine Längsstrichelchen begrenzt wird. Beim sardinischen Stück ist diese Zeichnung undeutlicher, die ganze Spitze mehr bräunlich, die schwarzen Strichelchen länger, vor der Spitze in den Vorderrand auslaufend. Die Spitze selbst undeutlich schwärzlich umsäumt; die Fransen sind grau, an der Basis und am Innenrande lichter. Die Unterseite ist glänzend grauschwarz; vor den Fransen, hart an der Spitze und am Ende des Vorderrands schmal licht (gelblich) gesäumt. Die schmalen spitzen Hinterflügel sind schwärzlich mit lichteren (grauen) Fransen und sehr schmaler, gelber Limballinie. Thorax und Kopf sind weiss; die Fühler eintönig schmutzig braun. Die ganz weissen Palpen sind mindestens so lang wie die der **Festivella** und **Laspeyrella**, bei welchen Arten **Albidorsella** vielleicht am besten eingereiht wird. Die Schenkel und Schienen, besonders die vorderen, sind nach aussen schwarz, sonst die Beine schmutzig braun, die Tarsen gelblich, sehr wenig dunkel geringelt.

Blasewitz-Dresden, December 1876.